다행히도 당신을 만나
참으로 행복합니다.

예 반 지음
신현철 옮김

징검다리

다행히도 당신을 만나
참으로 행복합니다.

차례

인생의 길을 따라가다가

문득 지난날을 뒤돌아 봅니다

다행히도 당신을 만나서 기쁘기도 했지만

이별의 예감에 잠못 이루고

추억의 발자국을 찾아보기도 하면서

지루하게 사랑을 앓아 보았습니다

이제 사랑은 내 삶의 운명입니다.

인생의 길을 따라가다가

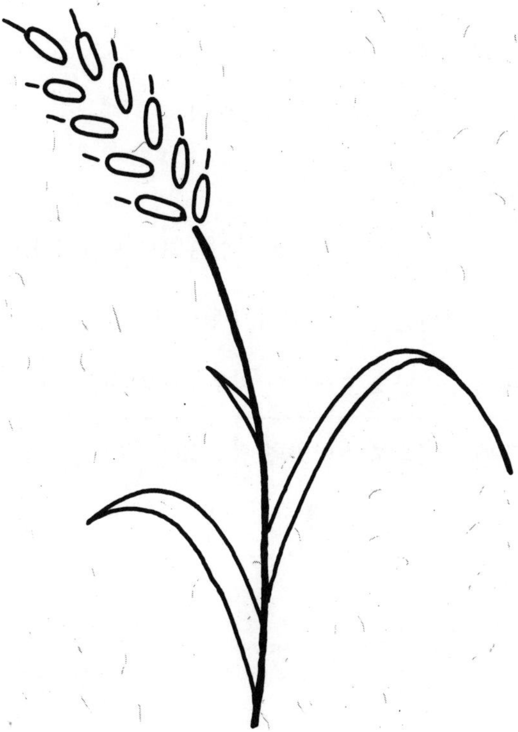

이 책의 갈피를 따라 조용히 걸어들어 오십시오.

이곳에서 당신은 아름답게 가꾸어진 길을

발견하게 될 것입니다.

어떤 길에는 당신의 발자국이 남아있을지도 모릅니다.

만약 당신이 낯익은 길을 발견하게 된다면

조금도 망설이지 말고 오랫동안 머무르도록 하십시오.

나는 예전에 이곳으로 찾아왔던 적이 있어 라고

말할 수 있을 때까지⋯⋯.🌾

문득 지난날을 뒤돌아 봅니다

그녀는 나를 사랑해.

나는 말합니다.

왜냐하면 내가 필요로 하는 것을 알기 때문입니다.

나는 약간 망설이면서 말을 합니다.

왜냐하면 당신이 필요로 하는 것을

알지 못하기 때문입니다.

나의 말은

내 삶의 경험으로부터 우러나오는 것이고

당신의 생각은

당신의 경험에서 비롯된 것들입니다.

그렇기 때문에

내가 말하는 것과

당신이 듣는 것이

서로 다를 수도 있습니다.

그러나 만약 당신이 귀가 아니라 마음으로,

입술로 하지 않은 나의 말을

듣게 되다면

어쩌면 우리는 서로

진정한 대화를 나눌 수도 있을 것입니다.

내가 만약 단지 미소밖에 드리지 못한다고 하더라도

제발 그대여, 실망하지 마십시오.

너무나 많은 선물은 그보다 못한 운명을 가져오는 법입니다.

언젠가 나는 미소를 지을 것입니다.

그리고 나의 미소가 지닌 따스함이

다시 나에게로 돌아와서 은은하게 비추는 것을

발견하게 될 것입니다.

언젠가 나는 누군가를 찾아나설 것입니다.

그리고 오직 절반 밖에는 찾아나설 필요가 없다는

사실도 발견할 것입니다.

왜냐하면 당신 역시 나를 찾아서 돌아다닐 것이기 때문입니다.

언젠가 나는 발견할 것입니다.

사랑이라는 단어가 지니고 있는 진정한 의미를.

너무나 많은 사람들이 아무런 생각도 없이

쉽게 써버리는 그 낱말을.

언젠가 나는 발견할 것입니다.

내가 사랑을 나눌 수 있는 그 누구인가를.

그러나 지금은 내 자신에 대하여 알아야 하는 시간입니다.

그리고 나를 둘러싸고 있는 세상에 대하여

알아야 하는 시간입니다.

그러므로 내가 베풀어야 하는 그 때가 다가오면

나는 내가 주는 선물의 진정한 의미를 알게 될 것입니다.

다행히도 당신을 만나서 기쁘기도 했지만

그녀는 나를 사랑하지 않아.

시간은 모든 인생의 본질.

사람들 사이의 관계에 있어서는

더욱 그러합니다.

많은 시간을 함께 보낼수록

그 삶에 대한 감정은

더욱 확실한 것으로 변합니다.

부모님이거나 선생님이거나 친구이거나

그것은 언제나 마찬가지입니다.

그러므로 부디 나를

낯선 사람으로 생각하지 마십시오. 다만

당신과 한 번도 시간을 나누어 본 적이 없는

어떤 사람이라고 생각하십시오.

만약 우리에게 기회가 주어졌다면

당신은 나에게로 향하는 친숙한 감정을 느꼈을 것입니다.

마치 당신은 친구나

또는 사랑하는 사람들에게 느꼈던 것처럼.

나는 그녀를 모릅니다. 그러나 그녀는 미소를 짓습니다.

그리고 그녀의 미소를 통해, 따스함이

나의 마음속 깊숙이 스며 들어옵니다.

내가 어떤 말을 하는 것이 좋은지 전혀 알지 못합니다.

단 한마디도 알지 못합니다.

그러나 나는 그녀가 이해할 것이라고 생각합니다.

그리고 외로운 날의 차가움 속에서

그녀는 이 세상에 있을 수 있는 가장 좋은 것보다

더욱 커다란 것을 나에게 주었습니다.

내가 말을 나누어 볼 수 있는 한 순간의 기회를 잡았고

당신이 한 순간 미소를 지었던 까닭에

나의 작은 일부는 영원히 당신을 따라서 떠날 것입니다.

그리고 당신의 작은 일부도

영원히 나의 곁에 머무를 것입니다.

두 사람 사이에 애정은

자연스럽게 생겨날 수 있습니다.

하지만 지속적인 관계를 유지하기 위해서는

많은 노력이 따라야 하는 것입니다.

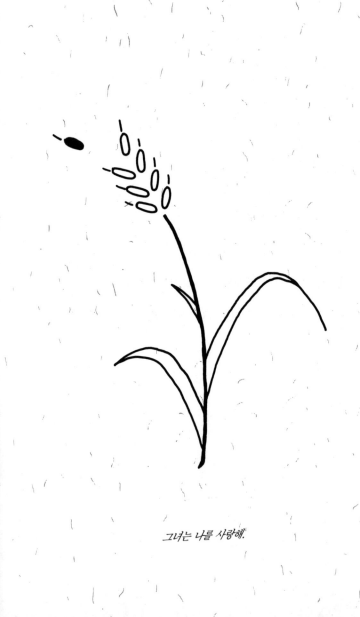

그녀는 나를 사랑해.

신에게 맹세를 합니다.

만약 내가 이 짧은 인생 동안에

당신의 사랑에서 위안을 찾지 못한다면,

나는 삶의 아름다움에 대하여

충분히 감상하는 것을 배운 다음에도

이러한 한 가지 부족한 점 때문에

갈망이 나의 주위에서 떠나가지 않을 것입니다.

나는 우주의 모든 사람들의 마음 속에서 태어나고

내가 만나는 한 사람, 한 사람의 마음 속에서 이해되어지는

하나의 생각입니다.

내 스스로는 언제나 변함이 없지만

그런데도 나는 나를 해석하는 사람에 따라서

항상 변하고 있습니다.

나의 행동을 조절할 수는 있어도

그들의 생각은 어떻게 바꿀 수가 없습니다.

그러므로 나는 스스로 옳다고 생각하는 방식에 따라

행동할 뿐입니다.

그리고 다른 사람들은 그들 마음대로 생각하도록

내버려 둘 수밖에 없습니다.

우리의 인생에서 기회라는 것은

일단 놓치고 난 후에야

비로소 쉽게 알아볼 수 있는

그런 모습으로 찾아오는 법입니다.

이것은 탄생이라는 그 순간부터

시작됩니다.

그리고 죽음이라는 그 순간까지

계속되는 것입니다.

이것의 이름은 삶입니다.

이것에는 아무런 보장도 없습니다.

육십 년 혹은 육십만 마일

어느 것이 먼저 오든지

아무튼

그들은 한 가지의 교훈을 남기고 떠났습니다.

그렇습니다. 우리가 얻을 수 있는 전부는

삶, 그 자체뿐입니다.

그리고 삶을 살아가는 것이

우리의 소중한 일입니다.

세상에는 온갖 놀라운 것들과

신나는 많은 일들로 가득 채워져 있습니다.

그토록 많은 선택의 기회를 조금도 누려보지 않고

가만히 내버려 둔다는 것은

정말 부끄러운 일입니다. 🌾

나는 다른 사람들을 이해하는 것이

어렵다는 사실을 깨닫게 되었습니다. 그들이 오고갈 때

그들이 하는 말과 그들이 하는 행동은

내가 알 수 없는 것들입니다.

그러나 나는 그러한 마음을 외부로 드러내지 않습니다.

다른 방식으로 이해하려고 합니다.

나 자신을 이해하려고 노력함으로써

다른 사람들이 나를 이해하도록 하는 것입니다.

그녀는 나를 사랑하지 않아.

살아가는 동안에

나는 조금씩 삶이 나아지기를 희망합니다.

강한 팔과

우아한 손

맑은 귀

친절한 눈과

부드럽게 말하는 혀

지혜로 가득찬 정신

그리고 다른 사람을 이해하는 마음.

적당한 사람을 만나는 일은

그렇게 중요한 것이 아닙니다.

더욱 중요한 것은

적당한 시기에 만나는 것입니다. 🌾

얼마나 자주

많은 사람들의 무리 속에서

어떤 한 사람이 앞으로 걸어나와

우리의 길을 스쳐 지나가고 있습니까.

그리고 오직 한번의 만남으로

마음속 깊은 곳에서부터

우스운 열정이 자라나기 시작합니다.

그때 우리는 무엇인가 소망하게 됩니다.

어떤 신비로운 주문을 외울 수 있다면,

그러므로 온 세상을 이 시간 속에서

멈추어 서도록 만들 수만 있다면.

마침내 우리가 단 한순간이라도 함께 나누며

서로의 마음을 알릴 수 있도록.

하지만 세상은 너무도 빨리 돌아가고

모든 사람은 각자의 삶을 살아갑니다.

그리고 희망을 예감하던 우스운 열정은

도무지 알 수 없는 슬픔으로 변하게 됩니다.

결국 우리는 허탈한 미소를 지으면서

잊어버리기 위하여 노력할 뿐입니다.

만약 이 세상에서 가장

가슴 아픈 일이 무엇인가에 대하여 의문을 품고 있다면

'이것이다'라고 말을 한 다음

차라리 그 일을 겪지 않았으면 좋았을 것이라고

생각할 것입니다.

아무런 말도 할 수가 없다면

그런 일을 한번 겪어보고 싶다는 말을 할 것입니다.

신이여, 부디

나에게 새로운 길을 열어 주십시오.

그렇지 않으면 한마디의 말이라도 알려 주십시오.

그녀가 이 방으로 들어오는 그 순간부터

나의 내부에서 들끓고 있는 폭풍에 대하여

설명할 수 있는 한마디의 말을.

당신에게 나의 심장 깊은 속에서 느껴지고 있는

이 감정을 알릴 수 있는 단 한 가지의 길을.

신이여, 제발 노력을 하십시오.

그래서 이번에는 좀더 잘 해보십시오.

왜냐하면 그녀는 절대로 이런 말에는

감동을 받지 않을 것이기 때문입니다.

"어이! 여보, 오늘 저녁은 뭐지?"

때때로

낯선 사람이 나타나서

내 마음의 버튼을 누르고

우리의 내부에서 흔들리고 있는

감정을 흘러넘치게 합니다.

하지만 그것은 그 사람의 분위기 때문이라고 하기보다는 오히려

그들이 우리의 인생에서

어떠한 의미를 가져다 줄 수 있는가에 대한

우리의 생각 때문입니다.

그렇기 때문에 우리는 입술이 마르고

말문이 막히며

가장 최악의 경우에는

너무나, 너무나도

쉽게 상처를 받는 것입니다.

아마도 언제인가 당신을 나의 두 팔로 감싸안을 수 있는

행운이 다가올지도 모릅니다.

단지 나의 마음속에서만 이루어지는 것이 아니라…….

아마도 나는 헛된 꿈 속을 헤매이며

돌아다니게 될지도 모릅니다.

단지 하룻밤의 추억이 전해주는 전율 때문에.

그리고 이 세상의 차가움은

당신이 주신 따스함으로 인하여 산산이 부서질 것입니다.

그녀는 나를 사랑해.

나는 당신에게 요구하지 않겠습니다.

당신이 나에게 줄 수 없는 것들을.

나는 당신에게 요구하지 않겠습니다.

나에게 진정으로 필요하지 않을 것들을.

그리고 나는

당신에게서 아무것도 받으려고 하지 않겠습니다.

그것과 동일한 보답을 전해줄 수 없다면 말입니다.

당신은 당신의 세계에서 찾아왔고

그리고 나 역시 나의 세계에서 찾아왔습니다.

두 개의 서로 다른 세계에서 우리는 만났던 것입니다.

나는 오직 내 마음의 세계에서만

당신을 감싸안을 수 있습니다.

실제로 당신이 다른 사람의 팔 안에

안겨있을 동안에 말입니다.

그리고 나는 오직 이렇게 소망할 뿐입니다.

그 사람과의 다정한 포옹이

당신에게 커다란 기쁨을 전해줄 수 있기를.

당신에 대한 꿈이 나에게 전해주는 만큼의

커다란 기쁨을 말입니다.

만약 나의 걸음걸이가 비틀거린다면

그리고 당신이 뛰어가라고 명령할 때

그저 걸어가기만 한다고 하더라도

제발, 그대여!

나를 이해하여 주십시오.

내가 이전에 넘어진 적이 있다는 사실을.

당신이 물속으로 뛰어들면서

나에게도 따라서 들어오라고 독촉할 때

제발, 그대여!

나를 이해하여 주십시오

내가 이전에 물에 빠진 기억을 가지고 있다는 사실을.

불타는 열정으로

나에게 다가오라고 말씀하실 때

제발, 그대여!

나를 이해하여 주십시오.

내가 이전에…….

부디, 그대여!

나를 이해하여 주십시오. 🌾

다른 사람들의 말을 주의 깊게 들으십시오.

심오한 진리는 간혹 농담의 옷을 입고

나타나는 법입니다. 🌾

이 세상에는 헤아릴 수도 없을 만큼 많은 말들이 있습니다.

그런데도 단 한마디의 말도 없습니다.

내가 당신의 눈 속을 들여다 보는 그 순간에는

어떠한 말도 할 필요가 없기 때문이지요.

당신의 따스한 미소는

그 자체가 진리의 문구입니다.

내가 어떻게 설명할 수 있을까요.

당신의 얼굴을 만질 때

나의 몸에 흐르고 있는 이 떨림을.

감정을 설명할 수 있는 말은 아무것도 없습니다.

그러므로 나는 당신에게 내 마음의 문을 열고

당신이 나의 꿈과 나의 추억 속으로

들어오도록 합니다.

그 때, 오직 그 순간에

당신은 나의 침묵을 이해하게 될 것입니다.

그녀는 나를 사랑하지 않아.

어떻게 내가 살아갈 수 있겠습니까.

내가 당신을 알고 있는데

내가 당신이 존재한다는 것을 알고 있는데

어떻게 내가 잠들 수 있겠습니까.

당신의 미소를 보지 않고서

내가 실제로 그 미소를 본 적이 있는데

어떻게 내가 같을 수 있겠습니까.

당신의 부드러운 손길로

내가 이렇게 변했는데

당신을 향한 갈망으로

나의 마음이 산산조각으로 흩어졌는데

당신없이

어떻게 내가 다시 온전해질 수 있겠습니까.

이 세상은 얼마나 자주

그동안 우리가 알지 못했던 사람들을 소개하여 주는지.

그들은 곧장 걸어서 들어옵니다.

우리는 미소를 지으면서

그들이 뒤돌아 나가는 모습을 지켜봅니다.

우리는 가만히 멈추어 선 다음

그들이 떠나가면서 뒤에 남겨놓은

발자국들을 세심하게 살펴봅니다.

낯선 사람은 나로부터 멀어지면서

내 마음속에 하나의 발자국을 남겨놓을 수 있습니다.

발자국.

모래 위에 그려진 네 개의 발자국

해안으로 밀려든 물결

진주빛 구름 뒤로 숨어드는 달빛.

소망의 별빛.

바싹 다가선 두사람이 그려가는 모래 위의 흔적

침묵―소리 없는 대화

바다에서 불어오는 차가운 바람.

멀리 떨어진 배에서 빛나고 있는 불빛.

두 손,

마주 잡고

부드럽게 어루만지며

서로를 애무하는

지평선 너머 깨어나는 태양.

발자국.

모래 위에 점점이 그려진 네 개의 발자국.

마치 내일이란 결코 다가오지 않을 것처럼

웃음을 터뜨리면서

행복에 대한 예감 속에서

마음 속 깊이

사랑의 삶을 살아가며

사랑을 주고

사랑을 나누는

밝아오는 내일.

발자국.

모래 위에 남겨진 두 개의 발자국.

이 곳을 바라보며

추억 속을 헤매이는

나는 뚜렷한 개성을 소유하고 있는

하나의 개별자.

나의 삶을 스치고 지나간

모든 사람들과 모든 것들의

복합물

나는 당신을 위하여

조금도 변하지 않을 것입니다.

나는 당신의 곁에 오랫동안

머물고 싶습니다.

내일이 밝아오면 당신은 나를 더욱 사랑할 것인가요.

이 밤이 지나도록 당신이 내게 베풀어 주었던 것보다

더욱 커다란 사랑을요.

아니면 아침 일찍 노래를 부르는 새와 함께

당신은 날아가 버릴 것인가요.

우리의 웃음 소리는

메아리도 없이 사라져 버리고

내일은 단지

우리가 오늘 함께 나누었던 사랑에 대한

추억으로만 남게 될 것인가요.

나는 대부분의 다른 사람들처럼

게임을 즐기는 한 남자일 뿐입니다.

그것은 확실한 규칙도 없는

아주 즉흥적인 것입니다.

어디인지도 모르면서

아무곳으로 찾아가서

금방 헤어져버릴 사람들을 만나는 일입니다.

그리고는 그들이 떠나가버린 그림자 속에서

나는 두려움 때문에 인정하기 싫었던

허전함을 깨닫게 됩니다. 🌾

내가 주저하면서 말을 하더라도

다른 무엇에 내가 마음을 빼앗겼다고는 그대여

생각하지 마십시오.

말이란 진정으로 사랑하는 순간에는

쉽게 나오지 않는 법입니다.

그리고 너무나도 자주 나는 한 단어 한 단어를 시험합니다.

나 자신이 아닌

다른 누군가가 되기 위하여 노력하면서.

혹시 거절을 당하게 되는 것이 아닌가 두려워하는 마음이

혼란을 가져오고

혼란은 다시 오랜 침묵을 가져옵니다.

그리고 나의 마음은 기도를 올립니다.

부디 그대가 나의 침묵의 소리를 듣고

이해하여 주기를.

그녀는 나를 사랑해.

당신을 나에게로 가져다 주었던 것이

그저 단순한 우연인지

그렇지 않으면 우리가 무서운 운명이라고 부르는 힘인지

분명하게 말을 할 수는 없지만

나는 그것이 중요하다고는

믿지 않습니다.

당신을 나의 품에 안아볼 수 있을 만큼

나에게는 커다란 행운이 있었기 때문입니다.

비록 나의 실제적인 두 팔을 사용한 것이 아니라

나의 마음속에서 이루어진 것일지라도

만약 가혹한 시간의 바람이

갑작스럽게 불어와서

당신을 나의 품에서 데리고 간다고 하더라도

당신은 편안하게 지낼 수 있을 것입니다.

그들도 나의 마음속에 깃들어 있는 그대를

데리고 갈 수는 없기 때문입니다.

어떤 사람들은 "사랑합니다"라는 말을 하는 것이

어려운 것이라고 생각합니다.

한편 다른 사람들은 쉽게 말을 합니다.

가끔은 너무나도 쉽게…….

그대에게 부탁합니다.

"나는 당신을 사랑합니다."

이렇게 말해 달라고 요청하지 마십시오.

왜냐하면 그대가 나의 눈 속에서

그러한 말을 읽어내지 못한다면

혹은 나의 손길에서 느끼지 못한다면

당신은 절대로

나의 입술을 통해서 들을 수 없을 것이기 때문입니다.

당신이 나와 함께 머물렀던 그 날 이후로

많은 날들이 오고 갔습니다.

그 날은 우리의 날이었습니다.

찬란하게 빛나던 날이었습니다.

우리는 많은 것을 함께 나누었습니다.

웃음과

대화와

그리고 침묵을.

당신은 나에게 다시 미소지을 수 있는 이유가 되었습니다.

그리고 나는 내일에 대한 희망으로 흥분하게 되었습니다.

이제 당신은 떠나가 버리고

무거운 슬픔만이 나를 둘러싸고 있습니다.

하지만 나는 기뻐지려고 애씁니다.

왜냐하면 당신의 기쁨이 곧 나의 기쁨이기 때문입니다.

이젠 안녕이라고 말해야 하는 그 순간에

당신이 미소를 지으며

잘자요 라는 인사를 하였다면

당신은 오래지 않아

돌아올 것입니다. 🌾

나는 오늘 아침 일찍 눈을 떴습니다.

창문을 어루만지며 떨어지는

평화로운 빗방울 소리에.

나는 아침에게 인사를 하기 위하여 커튼을 걷었습니다.

하지만 창문은 온통 하얀 안개로 뒤덮혀 있었습니다.

무심코 나는 손가락을 들어서

그 위에 당신의 이름을 썼습니다.

이제는 또 다른 새날을 맞이하기 위하여

준비를 해야 하는 시간입니다.

무엇 때문인지

나는 집을 나서기 전에 다시 한번

침실로 돌아왔습니다.

그리고 다시 한번 당신의 이름을 바라보았습니다.

하지만 그것은

이미

사라지고 없었습니다.

만약 내가 온 세상의 보물이 가득 담겨 있는

선물주머니를 받는다고 하더라도

당신과 함께 보낸 그 몇 시간의

추억들이

내가 가장 소중하게 여기는 보석일 것입니다.

지루하게 사랑을 앓아 보았습니다

그녀는 나를 사랑하지 않아.

오래 전에 나는 이러한 모습을 보았던 경험이 있습니다.

그리고 얼마 있지 않아서 다시 보게 될 것입니다.

그저 서로에게 매달려 있는 한 쌍의 연인들.

더 이상 다정한 말도

나누지 않고

사랑의 애무조차도

더 이상 진실하지 않습니다.

그러나 분명히 한때는 아름다운 것이었던

추억과

혼자 된다는 것에 대한

두려움과 의혹 때문에

서로에게 예속되어 있는 연인들.

결국에는 안녕이라는 말이

그들에게 남아있을 뿐입니다.

오늘

어떤 사람이 나에게 물었습니다.

한순간의 아름다운 추억과 부드러운 미소를 가지고 있던

당신을 잊었느냐고.

나는 이렇게 대답했습니다.

아닙니다!

아닙니다! 나는 우리가 함께 나누었던

그 시간을 결코 잊었던 적이 없습니다.

당신이 나에게 전해 주고

내가 당신에게 전해주었던 그 시간들을.

세상의 모든 일이 그러하듯

좋은 순간도

그렇지 않은 순간도 있었습니다.

그 시간을 완전히 잊어버린다면

나의 삶에는 커다란 구멍이 생길 것입니다.

그러므로 내가 말했던 것처럼

나는 이미 당신의 그림자를 극복하였습니다.

나는 당신을 잊어버리지 않을 만큼

굳은 용기를 품고 있습니다. 🌾

나의 인생에 있어서

이 세상의 일상과 관련되어 있는 일들은

아무런 의미가 없습니다.

나의 인생에 있어서

당신과 함께 보냈던 순간들은

아주 짧은 것입니다.

그러나 의미가 없었던 순간은 결코 없었습니다. 🌾

오 이런!

그녀는 나를 사랑해

당신은 거울 속에서 다음과 같은 사실을

발견하게 될 것입니다.

어제까지는 없었던 주름살과

그리고 더욱 희어진 머리카락을.

초조한 눈빛으로 당신은 나를 바라보면서

내가 그러한 "사소한 변화들"에 대하여 알게 되지 않을까

궁금한 표정을 지을 것입니다.

내가 두 눈을 감고

당신 곁에 누워서 잠이 들었을 때

당신이 나의 머리를 다정하게 어루만져 주었던 시절에 대하여

생각해 봅니다.

그리고 나의 웃옷을 받아서 걸어두기 이전에

얼마나 다정하게 품에 안았는가에 대해서도.

나는 손을 뻗어서 당신의 손을 마주 잡아봅니다.

그리고 이 세상이 알고 있는 모든 사랑을 모아서

나의 입술로 가져갑니다.

그렇습니다. 나는 당신의 "사소한 변화들"에 대하여 이미

알고 있었습니다. 🌾

당신은 나의 인생 속으로 들어왔습니다.

아무도 모르게

누구의 초대도 없이

하지만 원하지 않았던 일은 아니었습니다.

당신은 내가

상냥한 미소와

부드러운 손길과

아름다운 여인과 함께 하기를 바라던 순간에

가까이 다가왔습니다.

나를 진정으로 이해하면서 당신은 다가왔던 것입니다.

당신은 아무것도 묻지 않았습니다.

진정한 사랑이 느껴지는 보살핌으로

당신은 나의 상처를 어루만지고

다시 건강을 되찾도록 간호하여 주었습니다.

당신은 나를 지켜보았습니다.

다시 용기를 되찾고

이 세상을 마주보게 될 때까지.

지혜를 담고 있던 당신은

나에게 필요한 것이 자유라는 사실을 알고 있었습니다.

그러므로 나에게 어떠한 구속도 하지 않았습니다.

이제 매일 밤

내가 어는 곳에 머물러 있더라도

당신을 생각할 것입니다.

그리고 마음속 깊이

이렇게 되뇌일 것입니다.

"정말 고마워요."

이제 사랑은 내 삶의 운명입니다

아니야, 하지만 괜찮아.

말도 제대로 하지 못하는 시들은 이삭이

도대체 무엇을 알 수 있겠어?

『다행히도 당신을 만나 참으로 행복합니다』을 마치면서

나는 직접 글을 쓰는 일에 많은 시간을 보내는 수천의
사람들에게 감사하다는 마음을 전하고 싶다. 그들의 편지는
나에게 많은 의미를 남겨 주었다. 하지만 그 양이 너무나
많았고, 나도 여러 해 동안이나 여행을 하는 중이었기 때문에
도무지 답장을 보낼 수가 없었다. 그 점에 대해서는
여러분들에게 사과하고 싶다.

만약『다행히도 당신을 만나 참으로 행복합니다』이나
『사랑을 이어주는 미소 열쇠』가 필요하다면, 당신이 자주
방문하는 서점으로 찾아가기 바란다. 책이 없다면,
그 서점에서 주문해 줄 것이다. 또한 책의 가격과 주문에
대한 정보가 필요하다면 나와 직접 연락하고 싶다는 요청을
할 수도 있다.

당신에게 감사를 드린다. 이 책을 읽는 모든 분들의 일이 잘
되기를 기원하며.

예반

이 페이지는

가장 먼저 책의 뒷장을 읽어 보는

당신을 위하여 쓰여진 것입니다.

만약 이 글이 당신의 마음에 드신다면

당신의 앞으로 여러 해 동안 소중하게 간직할 수 있는

무엇인가 특별한 책을 발견하게 된 것입니다.

이제 부터는 원문의 향기로 직접 감상하시고,

연인이나 친구에게 원문으로 글을 띄워 보세요!

This book is written

For those individuals
who gave me my Dreams
And especially for those
who gave me Memories

Walk gently through the pages of this book,
for here you will find many well worn paths,
and some may even bear your footprints.
If you should find a particularly familiar path,
do not hesitate to pause long enough to say
"I've been there before"

She loves me

I speak
Because I know my needs
I speak with hesitation
Because I know not yours
My words
Come from my life's experiences
Your understanding
Come from yours

Because of this
What I say
And what you hear
May not be the same

So if you will listen carefully
But not with your ears
To what I say
But not with my tongue

Maybe somehow
We can communicate

Should I offer but a smile
Please don't be disappointed
So many give –
a lot less

Someday I will smile
And find the warmth of my smile
Reflected back to me
Someday I will reach out to someone
And find that I only have to reach halfway
For she will be reaching out to me
Someday I will find
The true meaning of the word Love
That many use so carelessly
Someday I will find
Someone with whom I can share
But for now I must try to know myself
And the world around me
So when the time comes for me to give
I will know the meaning of my gift

She loves me not

Time is the essence of all life
This is especially true
In the relationships between people
As more time is spent with someone
The feelings toward that someone
Become more defined
As with parents, teachers, and friends

So please don't think of me
As a Stranger, but as someone
With whom you've never shared any time
If given this opportunity
You might learn to feel toward me
As you do toward your friends
And loved ones

I didn't know her, but she smiled
And from her smile - a warmth
Seeped deep inside me
I knew no words, that I could say
Yet, I think she understood
And in the coldness of that lonely day
She had given more
Than most ever could

Because I took a moment to speak
And you took a second to smile
A tiny part of me will leave with you
And a little bit of you will stay

An attraction between two people
can happen spontaneously
But a lasting relationship
takes work

She loves me

God grant should I never find
The comfort of a woman's love
In my short stay
That I learn to appreciate
Enough of life's beauty
That this one shortcoming
Will not leave me wanting

I am an idea
Conceived in the mind of the Universe
And interpreted in the minds
of the individuals I meet

Within myself I am constant
Yet I am as ever changing
as the people who interpret me

I can control my actions
But I can not control their thoughts
Therefore, I must do what I think right
And let others –
think what they will

Life comes in the form of opportunities
Which are easy to recognize
Once they have been wasted

It starts
At a time called birth
And continues
Till a time called death
It is called Life
It comes with no guarantees
"Of 60 years or 60 thousand miles
whichever comes first."
And somehow
They've even left the instructions out
Yes, all we get
Is Life itself
And it's up to us
To do the Living

In a world so full of wonder
With so many exciting things to do
It's a shame
So many choose to just exist
Rather than to live

I find it hard to understand
Others as they come and go
The words they speak, the things they do
Are things I just don't know

But I think I'll try to fool them
And do things differently
By trying just to understand myself
And let them - understand me

She loves me not

In my lifetime
I hope to develop

Arms that are strong
Hands that are gentle
Ears that will listen
Eyes that are kind
A tongue that will speak softly
A mind full of wisdom
A heart that understands

*It's not so much a matter
of meeting the right person
As it is meeting them
at the right time*

How frequently it is
That out of humanity's crowd
Someone steps forward
To cross our paths
And just one look
Starts a funny feeling
Growing deep inside

And we wish
That somehow we could utter
A secret phrase
That would hold the world
Suspended in time
Until we could share a moment
And let our feelings be known

But the world turns so quickly
Taking each his own way
And the funny feeling of hope
Becomes a subtle sadness
Which we try to cover
With a smile

Have you ever wondered
Which hurts the most
Saying something
And wishing you had not
Or saying nothing
And wishing you had

Lord - Please, quick
Give me a line,
or something to say
That might start to explain
The storm raging inside me
since she walked into the room
Just one line that will let her know
The feelings deep in my heart

Lord - Please try hard
And do better this time
For the last one wasn't impressed
With "Hi Babe, what's cooking?"

From time to time
A stranger appears
And presses a button
That starts emotions
Churning within us
But it's not so much that person
As it is our interpretation
Of what they can mean to our life
That makes our throat dry
Our speech hesitant
But worst of all
Makes us so very, very vulnerable

Maybe someday I'll be lucky enough
To hold you in my arms
Rather than just in my mind
Maybe someday I'll trade in empty dreams
For the thrill of one night's memories

And the cold of the world
Will be shattered by your warmth

She loves me

I would not ask from you
Anything that you were not capable of giving
I would not ask from you
Anything but that which I truly need
And I would not take from you
Without giving equal value on return

You are from your world
And I am from mine
Two different worlds
In my need, I can hold you
But only in my mind
While other arms hold you for real
And I can only hope
His arms give you the enjoyment
That the dreams of you
Give me

Should I hesitate in my steps
And I walk when you bid me run
Please understand
I've stumbled before

When you plunge into the water
And you urge me to jump right in
Please understand
I've strangled before

And in the heat of passion
You bid me come to you
Please understand
I've been . . .
Please, just understand

Listen carefully to the words of others
For often very deep truths are revealed
clothed in jest

There are so many words
Yet there are no words
For when I look into your eyes
No words need to be spoken
And the warmth of your smile
Is a statement in itself
And how could I ever try to explain
The trembling in my body
When I touch your face

There are no words to explain an emotion
So I open to you my mind
That you might walk
Among my Dreams and Memories
Then . . . and only then
You might understand my silence

She loves me not

Can I live without you
Now that I know you
Now that I know you exist

Can I sleep at night
Without seeing your smile
Now that I've seen it for real

Can I be the same
Now that I've changed
With the gentle tough of your hand

Now that I'm divided
By my need for you
Without you
Can I be whole again

How often the world introduces
People we never get to know
They walk right in, we see their smile
Then watch as they turn and go

We stand and scan the footprints
Their leaving left behind
And the departure of a stranger
Can leave footprints in the mind

Footprints
Four footprints in the sand
Waves washing to shore
The moon hiding behind flourescent clouds
A star for wishing
Indentions in the sand of two people huddled close
Silence – and yet conversation
The chill of the wind blowing in from the sea
Lights on distant ships
Hands –
Holding –
Touching –
Caressing
The sun awakening across the horizon

Footprints
Four footprints running in the sand
As if tomorrow could never come
Laughter
A feeling of Happiness – deep inside
Living life
Giving
Sharing

Tomorrow
Footprints
Two footprints in the sand
Searching
Remembering

I am an individual
Completely unique
A composite of everything
And everyone
That ever touched my life
And tho I will not change for you
I cannot be with you
Without being changed by you

Will you love me better tomorrow
Than you have through the night
Or will the early bird of morning
Take you with its flight
Will the sounds of our laughter
With no echo, fade away
Will tomorrow be – just a memory
Of the love we shared today

I'm just a man, much like any other
Playing a game
Which is strictly ad-lib
Not even sure of the rules
Going somewhere
Without knowing where
Meeting people
Who are gone too soon

And in the shadow of their departure
I become acutely aware of needs
That I have been afraid to acknowledge

Should I hesitate as I speak
Please don't think me preoccupied
For words don't come easily
When one really cares
And too often I evaluate each word
Trying to be anyone
– but myself
And the fear of rejection
Brings confusion
The confusion brings silence
And my heart prays
That you might hear my silence
– and understand

She loves me

Whether it was chance
Or that thing called fate
That brought you to me
I really can't say
And I don't believe
It really matters

For I have been lucky enough
To have the opportunity to hold you
Not just in my arms
But also in my heart

And should the winds of time
Blow hard enough
To take you from my arms
You can rest assured
They will never
Take you from my heart

Some people find it difficult
to say "I love you"
While others find it easy
. . . sometimes too easy

Please don't ask me
to say "I love you"
For if you can't
see it in my eyes
or feel it with my touch
You will never
hear it on my lips

Many days have come and gone
Since the day you shared with me
It was Our Day
A Red Letter Day for me

We shared much more than just time
Laughter –
Conversation –
Silence –
You gave me reason to smile again
And be excited about tomorrow

Now, when sadness surrounds me
That you were gone so soon
I try to rejoice
That you ever came at all

Have you ever smiled
And said goodnight
When you were really
Saying goodbye

I woke early this morning
To the silent sounds of raindrops
caressing the window
I pulled the curtain to greet the morning
But a fog covered the window
Without thinking I took my finger
And wrote your name in the moisture

Now, it was time to prepare
to face another day
For some reason, just before leaving
I returned to the bedroom
To look once more at your name
But it too was gone

If I were to take stock
Of all my worldly treasures
The memories I have
Of the few hours spent with you
Would be my most cherished possessions

She loves me not

I've seen it before
And I'll see it again
A couple just hanging on
Even though the words
Are no longer gentle
And the caresses
No longer sincere

But the memories
Of what once was beautiful
And the fear and uncertainty
Of loneliness
Make them cling to each other
Long after goodbye
Would be appropriate

Today
Someone asked me
If I had forgotten you
With a moment's thought and a subtle smile
I answered no

No, I haven't forgotten
The years we shared
When you gave to me
And I gave to you
And like everything else in life
Some was good
Some was bad

But to completely forget
Would create a void in my life

So even as I say
I'm over you
I have the strength to choose
Not to forget you

The time of my life
In relation to the world
Is insignificant

The time spent with you
In relation to my life
Was brief –
but not insignificant

Oh-oh.
She loves me

You look in the mirror
At lines that were not there yesterday
And find a couple more hairs turned grey
With a nervous glance at me
You wonder if I notice "Little Things"

Later, as I lay beside you
And sleep has closed your eyes
I think of the way you stroked my hair
And how, before you hung my jacket
You held it close to you

I reach out and take your hand
And with all the love the world has known
I bring it to my lips
For yes, I notice "Little Things"

You came into my life
Unannounced
Uninvited
But not unwanted
You came at a time that I needed
A tender smile
A gentle touch
A woman's company
You came with understanding
For you asked no questions

With loving care
You healed my wounds
And nursed me to health again
Then you watched over me
Till I regained my courage
To face the world again
And in your wisdom you realized
My need to be free
So you tied no bonds

Now each night
Wherever I am
I think of you
Wherever you are
And in my heart I repeat
"Thank you"

Oh, well. What does a dumb old flower know, anyway?

This page is written especially
for those of you
who read the last page first.
If, by chance, this applies to you
then you have found a special book
that will be cherished many years.

오랜 시간 동안의 순례

신 현 철

예반 Javan은 1946년 10월 19일 노스 캐롤라이나의 작은 마을에서 태어났다. 예반은 고등학교와 대학을 다니는 동안, 계속 그곳에서 머물렀다. 그리고 1968년이 되었을 무렵 아틀란타로 이사를 하였다.

1979년 예반과 예반이 기르고 있던 황금색의 털을 가진 개, 브랜든은 미국의 여러 마을을 순례하는 긴 여행을 떠났다. 예반은 산 속의 어딘가에 그가 직접 설계하였던 집을 세우기 이전까지는 최소한 2년에 한 번씩 여행을 떠났던 것이다.

고등학교와 대학 시절을 보내면서 예반은 백화점의 점원으로 근무하였다. 그리고 YMCA의 여름 캠프를 지도하기도 하였다. 대학을 졸업한 다음에 예반은 1977년까지 아틀란타의 이스턴 항공사에서 에이전트로 일을 하였다.

예반이 가장 커다란 관심을 두었던 것은, 여행과 여러 가지 형태로 하늘을 날아가는 일, 현실의 아름다운 풍경을 담아놓을 수 있는 사진 그리고 이 세상에서 벌어지고 있는 모든 일이었다.

『다행히도 당신을 만나 참으로 행복합니다』에 스며들어 있는 모든 이야기는 예반이 순례를 다니면서 알게 된 것들일 것이다. 예반은 오랜 시간 동안의 순례여행을 통하여 많은 일들을 체험하였다. 그렇게 하면서 사고의 편린들을 정리할 수 있었을 것이다.

사랑을 가로막고 있는 것은 아무것도 없다. 다만 그릇된 방향을 향하여 나아가고 있는 사람에게는 사랑이 다가가지 않는 것이다. 진정한 사랑의 순간을 알지 못하는 한, 우리는 최후의 순간까지 빛이 없는 세계를 살아가면서 떠들고 있을 뿐이다.

사랑의 의미를 확인할 수 있는 유일한 방법은 사랑의 바다에 몸을 담그는 일뿐이다. 진정한 사랑은 마주하고 있는 사람의 가슴 속에 머무르고 있는 것이지, 유혹적인 일상 생활의 유희 속에서는 발견할 수가 없는 것이다.

언제부터인가 우리는 사랑을 잘 믿지 않게 되었다. 스스로 마음의 문을 굳게 닫았던 것이다. 이 세상에는 유혹이 너무나 많고 사랑의 무게는 가볍다. 하는 일이 많아지고 자신의 삶에 대하여 돌아볼 수 있는 시간이 줄어든 것은 욕망의 확대와 팽창에서 비롯된 것이다. 어제 하루 동안 바쁘게 보냈던 사람이 오늘은 한 시간조차도 여유를 가질 수가 없게 되었다.

이제는 『다행히도 당신을 만나 참으로 행복합니다』과 함께 사랑을 찾아 떠나는 순례 여행을 시작할 때가 되지 않았을까…….

원 고 모 집

책을 만들어 드립니다

『다행히도 당신을 만나 참으로 행복합니다』를 읽고

사랑에 대해서 느낀 점이 있거나

평소 사랑을 하면서 느꼈던 감정을

시나 소설로 써두셨으면 원고를 보내 주십시오.

소중한 추억과 젊은 날의 열정을

책으로 묶어 드립니다.

보낼 곳 : 121-220 서울 마포구 합정동 426-1 301호

도서 출판 징검다리

다행히도 당신을 만나 참으로 행복합니다.

초판 10쇄 발행 · 1997년 9월 27일

신조판 1쇄 발행 · 1998년 7월 30일

지은이 · 예반

옮긴이 · 신현철

발행인 · 박대용

발행처 · 도서출판 징검다리

주소 · 서울 마포구 합정동 426 - 1, 301호

전화 · (02) 3143 - 1966, 332 - 3880

팩스 · (02) 3143 - 2757

출판등록 · 1994년 4월 19일 제10 - 969호

ISBN 89 - 88246 - 03 - 9 03840

값 4,500원